AF463223

C'EST
POUR RIRE

REVUE DE L'ANNÉE 1866

Par M. HIPPOLYTE BRIOLLET

EXTRAIT DU TINTAMARRE

« Amusons-nous les uns DES autres. »
BOSSUET.

PRIX : 50 CENTIMES

PARIS
En vente aux Bureaux du *Tintamarre*
5, RUE COQ-HÉRON, 5

1867

PERSONNAGES

Le docteur Joulin. — Le Public. — Le Tintamarre. — l'Année. — Émile de Poupardin. — Le baron Fa-Brisse. — Queue de cheval Clarinette. — — Roquefort. — Le président du Caveau. — Trois Bûcherons. — Le Sorcier de la rue Molière. — Policuivre Milliard. — Ernest.

C'EST POUR RIRE

REVUE DE L'ANNÉE 1866

ACTE PREMIER

La scène représente la chambre à coucher de M. le Public.

PERSONNAGES : LE PUBLIC convalescent, LE DOCTEUR.

LE DOCTEUR. — Sauf cette infirmité, vous en serez quitte à bon marché. Et maintenant, de la distraction, de la panade, des émotions douces; évitez les courants d'air, surtout après avoir lu le *Petit Journal*, car un refroidissement est pernicieux quand on est en sueur.

LE PUBLIC. — Enfin, vous avouerez que perdre la mémoire est une chose bien bizarre.

LE DOCTEUR. — Et quelquefois bien heureuse.

LE PUBLIC. — Il n'y a pas à dire, je ne me rappelle plus rien des événements accomplis, ni même ce que j'ai fait depuis près d'une année.

LE DOCTEUR. — Il ne tiendrait qu'à vous de refaire connaissance avec le passé.

LE PUBLIC. — Vous plaisantez?

LE DOCTEUR. — C'est la tête parlante du boulevard des Capucines qui plaisante. Transportez-vous rue Coq-Héron, 5, à l'entresol, la porte à gauche, entrez : vous êtes chez le *Tintamarre*; Ernest vous introduira ; là, moyennant un simple abonnement de quinze ans, vous vous ferez donner l'explication des faits et gestes de l'année qui va finir. Cela se déroulera sous vos yeux, et vous aurez même le droit d'y mêler vos petites observations ; avec le *Tintamarre* on ne se gêne pas.

LE PUBLIC. — Docteur, vous me sauvez la vie. — Le temps de passer du linge blanc et j'y cours; mais laissez-moi prendre l'adresse par écrit, car je serais capable de l'oublier et d'aller frapper à la porte de la *Revue des Deux Mondes*.

LE DOCTEUR. — Ne faites pas cela, le cas serait mortel !

LE PUBLIC. — Vous dites donc ?

LE DOCTEUR. — Rue Coq-Héron, n° 5, à l'entresol, la porte à gauche.

LE PUBLIC, *écrivant.* — Merci, docteur, et adieu.

LE DOCTEUR. — Au revoir.

ACTE DEUXIÈME

Le Palais du Tintamarre.

PERSONNAGES : LE PUBLIC, ERNEST, LE TINTAMARRE, L'ANNÉE.

LE PUBLIC, *entrant, à Ernest.* — Le *Tintamarre*, S. V. P ?

ERNEST. — C'est ici ; donnez-vous la peine de vous asseoir un instant ; le Tintamarre est avec une dame.

LE PUBLIC. — A son âge ! Bast ! puisque l'on ne se gêne pas ici, j'entre tout de même.

LE TINTAMARRE. — Un étranger ! qui êtes-vous, et que voulez-vous ?

LE PUBLIC. — Mon Dieu ne vous emportez pas ! je suis le Public ! un accident m'a privé tout d'un coup de la mémoire, et je viens vous trouver pour que vous fassiez repasser sous mes yeux les aventures qui ont marqué l'année qui s'achève.

LE TINTAMARRE. — Vous arrivez comme Adrien Marx en harem ; justement madame l'Année vient me prier de lui préparer son inventaire ; nous allons examiner ensemble, à quelque chose près, le bilan des douze mois écoulés. (*A Ernest*) Ernest, préparez des grogs. Et en avant la musique ! Seulement, permettez-moi d'ouvrir les fenêtres pour faire profiter de la représentation la foule qui commence à envahir la cour. (*Il ouvre la fenêtre et dit au dehors* :) Salut ! bon peuple de Paris ! badauds et béotiens, approchez ; c'est pour vous que je travaille ; et d'abord :

Air : *Il était une fois quatre hommes.*

Devant vous tous, moi pas bête
Pour vous entortiller net,
Je viens risquer ma courbette
Et retirer mon bonnet...
La salutation faite
C'est le moment d'annoncer
Que notre petite fête,
Va de suite commencer.
— Des nombreux faits que notre
Soixante-six qui démarre,
Je vous offre le rata.
— Qui donc l'apprêta ?
Le fricota ?

Moi, messieurs, dont c'est l'état,
Tataratata (*bis*)
Moi, messieurs, dont c'est l'état,
Moi le gai *Tintamarre*.

LE PUBLIC. — Grand Dieu! juste ciel! soupe à l'oignon! est-ce le déluge universel que je vois venir de ce côté?

LE TINTAMARRE, *regardant par la fenêtre.* — Calmez-vous, c'est la Seine qui monte; mais soyez sans crainte, nous sommes au premier étage, elle n'arrivera pas jusqu'ici.

L'ANNÉE — (Air : *Il pleut, il pleut, bergère.*)

Il plut, il plut sans trêves,
Les fleuves trop emplis,
Malgré digues et grêves,
S'échappent de leurs lits...
Et le fléau sauvage
Des inondations
Frappe, détruit, ravage
Troupeaux, gens et sillons.

LE PUBLIC. — Oui, mais les cœurs compatissants ne sont point rares en notre généreux pays, et, pour remédier à tant de malheurs, des secours nombreux affluent de toutes parts.

Air : *Il pleut, bergère.*

Il pleut, il pleut des offres
De secours et d'argent;
Le riche ouvre ses coffres
Et l'on voit l'indigent,
Comprenant le symbole
De la fraternité,
Grossir de son obole
Ces flots de charité,

LE TINTAMARRE. — (Air : *Aussitôt que la lumière*).

Pour qu'ils réparent leur plage
Livrée aux flots débordés,
J'approuve que l'on soulage
Les malheureux inondés.
Mais il est loin de la rive,
D'autres pauvres en échec;
Je demande qu'on souscrive
Au profit des gens à sec.

L'ANNÉE. — Que de caves ont été remplies!

LE TINTAMARRE. — Au café du Vert-Galant, on avait le bain de pied jusqu'aux genoux.

LE PUBLIC. — Les caves ayant été atteintes, le Caveau a dû souffrir beaucoup dans ces débordements?

LE TINTAMARRE. — Ce ne sont pas les débordements qui le font souffrir, celui-là; jugez-en plutôt par son président que je vous présente. (*Il fait entrer un vieillard, valétudinaire, tenant le verre de Panard à la main.*)

LE PRÉSIDENT DU CAVEAU. — (Air : *On va lui percer le flanc.*)

Vieux, asthmatique, soufflant
Et flan, flan, tirelire flan!
Nous avons le chef branlant,
Nous ne pouvons écrire,
Nous ne savons plus rire,
Rantanplan, tirelire.

Sans nous chatouiller les flancs;
Et flan, etc.
Des chroniqueurs insolents
Tout cela nous attire
De vifs traits de satire.
Rantanplan, tirelire.

Aux jeunes ouvrons nos flancs!
Et flan, etc.
Chez nous, poëtes vaillants,
Venez à notre lyre
Donner votre délire!
Rantanplan, tirelire.

Lamartine, en se gonflant,
Et flan, etc.,
Nous toise et répond : « — Du flan!
» Jamais l'amant d'Elvire
» Ne fit de vaux-de-vire;
» Rantanplan, tirelire... »

— Manquant de pain, sur du flan,
Et flan, etc.,
On se jette avec élan,
De crainte d'avoir pire,
Quoique au fond l'on soupire;
Rantanplan, tirelire.

C'est ainsi qu'en reniflant,
Et flan, etc.,
Notre cercle a reçu Flan,
Ce moderne Tityre...

LE PUBLIC. — Ce pauvre vieux me fait de la peine! On croirait qu'il a essuyé les plâtres d'une maison neuve.

LE TINTAMARRE. — Est-ce de la pièce de Sardou dont vous voulez parler?

LE PUBLIC. — Connais pas.

L'ANNÉE. — Mais si, *Maison Neuve*, cette comédie que l'on joue au Vaudeville, et que Sardou avait d'abord retirée, sous le prétexte qu'on l'avait critiquée par avance.

LE TINTAMARRE. — (Air : *Du Dieu des bonnes gens.*)

Quoi qu'en ait dit l'auteur de cette pièce,
Chacun avait le droit de l'expliquer;
Mais à mon sens, les journaux en liesse
Un peu trop tôt vinrent la critiquer...

— Si du contraire on n'a pas quelque preuve,
Sincèrement, nous devons l'avouer,
On doit penser qu'en une maison neuve
Tout doit être à louer. (*Bis.*)

LE PUBLIC. — Je ne dis pas; cependant, si l'on veut discuter, on en a bien la liberté.

ÉMILE DE POUPARDIN, *entrant avec impétuosité, un journal à la main.* — La *Liberté*! Qui est-ce qui a demandé la *Liberté*?

LE PUBLIC. — C'est un ouragan qui nous arrive là!

LE TINTAMARRE. — Mais non, c'est Emile de Poupardin, le père des journaux à bon marché. Il va parler, confiance, confiance!

POUPARDIN. — (Air : *Pour dot ma femme a cinq sous.*)

On me blâme, je m'absous
D'avoir eu cet avantage
Pour en vendre davantage,
D'offrir ma feuille à deux sous.

Deux sous, (*bis*)
Les confrères sans partage,
Deux sous, (*bis*)
En sont sens dessus dessous!

Pour la somme de deux ronds,
Autrement dit « dix centimes »
A nos chers lecteurs intimes
Tous les jours nous donnerons : } (*bis*)
Le prix net des couscoussous,
Avec le cours du laitage,
La recette d'un potage,
Et tout cela pour deux sous...

Deux sous (*bis*)
Les journaux de tout étage
Deux sous, (*Bis*)
Sont tous sens dessus dessous.

Si mon canard n'est pas pris
(Songeons à cette occurrence.)
J'écrase la concurrence
En diminuant son prix, } (*bis*)
Et le public le plus soul
Des écrits que j'édulcore,
Laissera ceux qu'il picore
Pour payer ma prose un sou...

Un sou, (*bis*)
Petite presse pécore
Un sou, (*bis*)
Ah! tu crèveras du coup!

LE TINTAMARRE. — (*Même air*).

Comptez sur quelques débets;
Mais pour bonifier l'affaire
Vous devriez encor faire
Un dernier petit rabais : } (*bis*)
A l'acheteur quotidien
Demandez moins forte somme;
Bref, ce journal qui l'assomme,
Accordez-le-lui pour rien ;
Pour rien, (*bis*)
Et c'est ce qu'il vaut en somme
Pour rien, (*bis*)
Ce journal épicurien.

POUPARDIN, *rouge de colère, appelant.* — Baron, mon brave Fa-Brisse, on attaque notre institution !

LE BARON FA-BRISSE, *en maître-d'hôtel, armé d'un couteau de cuisine.* — Quel est l'insolent ?

POUPARDIN, *désignant le Tintamarre.* — Celui-ci.

LE BARON FA-BRISSE. — Air : *Ah ! vous dirai-je, maman.*)

Tu parles avec dédain
Du journal de Poupardin
Il faut que ton discours rentre
De suite au fond de ton ventre.
(*Il brandit son couteau.*)
Ou j'y mets cette arme dont
Le grand Vatel me fit don.

LE TINTAMARRE. — Tu t'en ferais mourir !

LE PUBLIC, *avec indignation, au baron Fa-Brisse.* — (Air : *Hirondelle gentille.*)

Vous collez à la vitre
De votre échoppe un titre
Sans vérité ;
Mais c'est une gageure;
Car chez vous ce mot jure :
La *Liberté !*

Quoi! celui qui critique
De votre politique
L'insanité,
Votre couteau le saigne !
Cela sous ton enseigne,
O *Liberté !*

Avec l'arme d'un reître,
Enfant perfide et traître,
Fils révolté,
Pour une phrase amère
Vous frappez votre mère :
La *Liberté !*

Et d'abord, qu'avez vous fait du journal la *Presse* ?

POUPARDIN. — Je l'ai cédé avec ma mèche à un journaliste d'occasion...

LE TINTAMARRE, *l'interrompant.* — Que j'aperçois dans la cour. (*Appelant.*) Eh! Queue-de-cheval! par ici, on a besoin de vous; passez par la fenêtre.

QUEUE-DE-CHEVAL-CLARINETTE *enjambe la balustrade et entre.*

(Air : *Dans un grenier qu'on est bien à vingt ans.*)

Messieurs, je suis directeur de la Presse,
Queue-de-cheval, tel est mon nom coquet.
Pour satisfaire à vos vœux je m'empresse
De dévoiler d'où vient ce sobriquet :

(*Il montre une énorme mèche de cheveux attachée derrière lui.*)

C'est de ce crin par qui je m'assimile
A Poupardin, le plus grand des penseurs,
Hier, cette mèche ornait le front d'Emile,
Son ombre heureuse abrita les Deux-Sœurs! (*bis*)

LE TINTAMARRE. — Je comprends maintenant pourquoi vous la mêlez aux basques de votre paletot; c'est pour ne pas changer ses habitudes.

LE PUBLIC. — Farceur! N'est-ce pas cet appendice qui a reçu le nom de : Accompagnez-moi?... Marchez à ma suite!... Aidez donc un peu ma mémoire; vous savez ce que je veux dire.

L'ANNÉE. — Je vous comprends; vous voulez parler des rubans que les femmes de toute espèce de monde portaient et portent encore dans le dos, cet ornement-ci? (*Elle montre deux longues traînes de taffetas attachées à son costume.*)

LE PUBLIC. — C'est cela même.

L'ANNÉE. — (Air : *Ni vu, ni connu, j't'embrouille*)

Ces vains falbalas
Sont de traîtres lacs
Dont les nœuds séduisants prennent
Ceux qui derrière eux,
Naïfs amoureux,
Sur les trottoirs se promènent.
Saisi l'on est
Sans que l'on ait
Vu comme...
Voici le nom
Charmant dont on
Les nomme :
Des gens avisés
Les ont baptisés :
« Suivez, suivez-moi, jeune homme. »

LE PUBLIC. — Suivez-moi, jeune homme! C'est un peu risqué dans la bouche d'une dame. — Et si les jeunes hommes vous prenaient au mot?

Air : *La plus belle promenade.*

Provoquer sur son passage
Le mortel incandescent,
Pour une personne sage
Cela n'est guère décent ;
Elle risque de s'entendre
Dire par quelques viveurs :
« O ma rubannière tendre !
» A quel prix sont vos faveurs ? »

L'ANNÉE. — C'est tout à fait Pompadour ce que vous venez de dire là.

LE PUBLIC, *au Tintamarre.* — Que pensez-vous du petit chapeau que porte madame (*il désigne l'année*), et que la vogue met sur toutes les têtes féminines ?

LE TINTAMARRE. — Voilà ce que je pense :

Air : *Allez-vous-en gens de la noce.*

Autrefois la femme à la mode
S'attifait d'énormes chapeaux,
Par la célèbre madame Ode
Enrichis de mille oripeaux ;
Ces chapeaux emballaient l'ovale
Des visages les plus joufflus ;
Ils emballaient les plus joufflus ! ..
— Mais les petits chapeaux Lamballe
D'aujourd'hui ne l'emballent plus.

Avouez que notre époque est bizarre dans ses goûts.

LE PUBLIC. — Bizarre dans ses goûts et déplorable dans ses mœurs

LE TINTAMARRE. — Vous avez bien raison ; pendant que nous sommes à rire, l'immoralité nous ronge.

Air : *Du Mirliton.*

— L'honneur agonise et râle.
— Des coups que nous lui portons
On voit mourir la morale ;
A ces trépas, nous chantons :
Voilà le vrai ton
Benoiton
A la mode !
Voilà le vrai ton
Benoiton !

Nous manquons tous de décence,
Et, sans pudeur, nous jetons
L'exemple de la licence
A nos frêles rejetons ;
Voilà le vrai ton, etc.

Sous prétexte que Vincennes
Est auprès de Charenton,
Des courses les folles scènes
Font rougir tout le canton!

Voilà, etc.

LE PUBLIC. — (*Même air.*)

Sur l'herbe on y boit et dîne;
Devant un pâté de thon,
Catinka la gourgandine
Fait manœuvrer son menton.

Voilà, etc.

En revenant la cocotte
Grise, dans son phaeton
Laisse chiffonner sa cotte
Par un gandin avorton.

Voilà, etc.

Partout le beau sexe abdique;
Dehors, au nez des piétons,
Il prend l'allure impudique
Des hideuses margotons.

Voilà, etc.

LE TINTAMARRE. — (*Même air.*)

Je dis un jour à ma belle :
« Quand donc nous mariera-t-on?
» — Des nèfles! fit Isabelle,
» Je n'suis pas pour vot' piton. »

Voilà, etc.

Une dame et des plus sages
Dit ce mot que nous notons :
« A découvrir nos corsages,
» Monsieur, nous nous entêtons. »

Voilà le vrai ton
Benoiton
A la mode;
Voilà le vrai ton
Benoiton!

ROQUEFORT, *enjambant la fenêtre.* — Eh! dites donc, j'en suis de votre conférence; vous cinglez les abus et vous ne m'invitez pas; ce n'est pas gentil.

LE TINTAMARRE, *le présentant.* — Monsieur Roquefort, le chroniqueur du *Soleil*, ou plutôt le soleil des chroniqueurs.

ROQUEFORT. — (Air : *Du haut en bas.*)

Du haut en bas
J'examine dans ma chronique,
Du haut en bas
Le demi monde et ses sabbats;
Je traite avec ma verve unique
Tout ce qui me paraît inique,
Du haut en bas.

Du haut en bas,
Sans fierté, je vois la colonne,
Du haut en bas
Des gens vicieux que je combats;
Elle connaît ce que vaut l'aune
De mon fouet qui la sillonne
Du haut en bas.

Du haut en bas,
Dans certaine feuille publique,
Du haut en bas
D'affreux écrivains Barrabas,
Selon l'argent qu'on leur applique
Encensent Mondor et sa clique.
Du haut en bas.

Du haut en bas,
Quand la nouvelle saison s'ouvre,
Du haut en bas
Comme elle achète des babas,
Chaque élégante achète au Louvre
Une robe qui la découvre
Du haut en bas.

LE TINTAMARRE. — Je parlais de cela tout à l'heure; Ce qui m'a fait bien rire c'est la note des chemises de mademoiselle Pigeonnier, l'actrice qui donna ce célèbre bal auquel tout le monde des théâtres se défendit d'avoir assisté — et surtout le procès qu'elle fit à sa lingère pour demander une réduction sur le montant du mémoire.

ROQUEFORT. — Ah! oui, une note de quatre mille francs et plus.

LE PUBLIC. — Je ne sais rien de cette histoire, contez-la moi donc.

LE TINTAMARRE. — (Air : *A genoux devant les pochards.*)

Au sujet d'une fourniture
De chemises, des différends
Naquirent devant la facture
De quatre mille et quelques francs;
Après diverses expertises
Le chiffre exprimé se trouva
Etre bien celui des chemises } *bis.*
Qu'en son boudoir on releva. }

LE PUBLIC. — A-t-elle payé, au moins?

L'ANNÉE. — Payé! — Vous connaissez mal notre époque. — Est-ce qu'on paye ses dettes aujourd'hui!

ROQUEFORT. — Le gazetier Lis-mes-craques en est une preuve, en tous cas.

LE PUBLIC. — Quel est ce monsieur?

ROQUEFORT. — Un journaliste de la taille de V. Koning, physiquement parlant.

Air : *Ma Mère m'a donné un mari.*

A ce vieux benet de *Consti-*
tutionnel, ce petit homme
Fait les patata — patati...
(Dieu! quel homme, qu'il est petit!)

« Or, depuis qu'en chef de parti,
(Dieu! quel homme, quel petit homme!)
» Dit-il, je me suis travesti. »
(Dieu! quel homme, qu'il est petit!)

« Nul désaveu n'anéantit
(Dieu! quel homme, quel petit homme!)
Mon coup de plume bien senti. »
(Dieu! quel homme, qu'il est petit!)

« Un lot d'écus est garanti
(Dieu! quel homme, quel petit homme!)
» A qui prouve que j'ai menti. »
(Dieu! quel homme, qu'il est petit!)

— On le fouilla, le dévêtit,
Et l'on trouva ce petit homme
De plusieurs désaveux nanti.
(Dieu! quel homme, qu'il est petit!)

— Pierre, Paul et tutti quanti
(Dieu! quel homme, quel petit homme!)
De dire ensemble « sapristi! »
(Dieu! quel homme, qu'il est petit!)

« Cent mille francs, c'est très-gentil!
(Dieu! quel homme, quel petit homme!)
» Ne payera-t-il pas? payera-t-il? »
(Dieu! quel homme, qu'il est petit!)

— Le dénoûment est pressenti,
(Dieu! quel homme, quel petit homme!)
A payer il ne consentit.
(Dieu! quel homme, qu'il est petit!)

ERNEST, *entr'ouvrant la porte.* — Patron, il y a là trois bûcherons qui demandent à chanter un couplet patriotique.

LE TINTAMARRE. — Introduis.

Trois bûcherons entrent et chantent en chœur :

Air : *La victoire en chantant.*

Enfin du Luxembourg on nous ouvre la grille ;
Des Limousins suivent nos pas.
Après tant de retards notre cohorte grille
De jeter ce jardin à bas.
Tremblez tous à notre présence :
Fiers tilleuls de fleurs revêtus,
Chênes altiers que l'on encense,
Demain vous serez abattus !...
— Sous les coups de notre cognée
Vieux arbres vous allez périr !...
La pépinière est condamnée !
La pépinière va mourir !

LE PUBLIC, *avec onction aux bûcherons :*

Air : *Ce nid charmant.*

Ce nid charmant, fait de verte feuillée,
Ombreuse ici, là tout ensoleillée,
Ce nid charmant fait de verte feuillée,
Où le rêveur aime à porter ses pas,
Ce nid plein de mystères,
De parfums et d'appas,
Terribles bûcherons, ô travailleurs austères,
Grâce, n'y touchez pas ! (*bis*)

Les Bûcherons haussent les épaules.

LE TINTAMARRE. — Vous perdez votre temps à vouloir attendrir ces sapeurs ; parler à des bûcherons, c'est comme si l'on parlait à des bûches.

(*Les trois bucherons sortent.*)

ROQUEFORT. — Ce serait le cas de tirer la sonnette d'alarme.

L'ANNÉE. — Oui, si nous étions en chemin de fer.

LE TINTAMARRE. — Les travaux publics vont si vite qu'on pourrait s'y tromper.

LE PUBLIC. — Comment donc est-elle faite cette sonnette d'alarme ?

LE TINTAMARRE, *agitant un grelot.* —Voici l'objet : une invention admirable au moyen de laquelle les voyageurs peuvent, de leur compartiment, faire venir un employé en cas de besoin.

Air : *Digue, digue, digue, din, don.*

Digue, digue, digue, dig, din, don !
— La personne
Effrayée — ainsi sonne :
Digue, digue, digue, dig, din, don !
A mon secours, venez donc !

Si du bouquet d'une fillette honnête
Un amateur approche trop le nez,
L'on entendra les coups de la sonnette
Accompagnant des cris désordonnés : (*Il sonne.*)

Digue, digue, digue, dig, din, don!
Quelqu'un ose
Attenter à ma rose!
Digue, digue, digue, dig, din, don!
Contrôleur, vite, arrivez donc!

L'ANNÉE.

L'hiver, alors qu'une très-jeune épouse
Près d'un barbon souffrira trop du froid,
Quoi qu'il en coûte à son humeur jalouse
Le vieil époux sonnera plein d'effroi :

Digue, digue, digue, dig, din, don!
Mon Angèle,
Est glacée, elle gèle!
Digue, digue, digue, dig, din, don!
Vite, chauffeur, arrivez donc!

ROQUEFORT.

Dans un wagon deux sylphides tarées,
Pour un Arthur se prennent aux cheveux;
Mais en voyant ses jupes lacérées,
« Carillonnons », dit ce couple nerveux.

Digue, digue, digue, dig, din, don!
Nos parures
Ont des déchirures,
Digue, digue, digue, dig, din, don!
Vite, aiguilleur, arrivez donc!

LE TINTAMARRE.

Lorsqu'un poupon après mainte fredaine
S'apprête encore à faire deux fois pis,
Le bon papa qui l'a sur sa bedaine,
Sonne en posant l'enfant sur le tapis.

Digue, digue, digue, dig, din, don!
Je m'échine
A boucher la machine;
Digue, digue, digue, dig, din, don!
Mécanicien, arrêtez donc!

L'ANNÉE. — C'est drôle; au moment où l'on ajoutait une sonnette au chemin de fer, des gens mal inspirés parlaient de supprimer le sifflet.

LE PUBLIC. — Le sifflet du chemin de fer ?

LE TINTAMARRE. — Non, le sifflet du théâtre.

LE PUBLIC. — Quoi ! on voulait me couper le sifflet ? C'est une indignité. Et avec quoi applaudirais-je les mauvaises pièces ? Siffler n'est pas un travers, puisque c'est un droit qu'on achète en entrant dans un théâtre.

ROQUEFORT. — Aussi nous avons maintenu le sifflet dans son intégrité. — Sifflons, mordioux ! ce ne sont pas les sujets qui manquent.

(*Au sifflet qu'il tire de sa poche*).

Air : *Turlututu, des petits prodiges.*

Turlututu, ton bec pointu
Contre le bon sens abattu
De protester à la vertu,
Turlututu. (*bis*)

A la cantate de Banville,
Au nouveau Cid par Hugelmann,
Joué deux fois au Vaudeville,
Sifflons, comme au major Trichmann !

Turlututu, ton bec pointu
Contre le talent qui s'est tu
De protester à la vertu,
Turlututu. (*bis*)

L'ANNÉE. — (*Même jeu*).

Un mur étale notre histoire
Peinte par Benedick Masson,
L'œuvre est d'un mauvais goût notoire ;
Sifflons le mur et le maçon !

Turlututu, ton bec pointu
Contre ce fruit de l'Institut,
De protester à la vertu,
Turlututu. (*bis*)

LE TINTAMARRE. — (*Même jeu.*

Sous le titre de prime utile,
Tel journal offre un drap de lit...
Sifflons cet esprit mercantile
Qui dans la presse s'établit.

Turlututu, ton bec pointu
Contre la feuille de Vitu,
De protester à la vertu,
Turlututu. (*bis*)

LE PUBLIC, *même jeu.*

Sifflons tous ces refrains obscènes
Qui remplacent nos vieux flons flons ;
— Quand une grue aux avant-scènes
Fait l'œil en coulisse, — sifflons !

Turlututu, ton bec pointu
Devant ce minois courbattu,
De protester à la vertu,
Turlututu. (*Bis.*)

L'ANNÉE. — Je le veux bien, mais gardons nos bravos pour ce bon Timothée, non parce qu'il trime toujours au *Petit Journal*, mais parce qu'il s'amuse dans ses moments perdus, au lieu d'égratigner le prochain, à doter d'un lit l'hospice des enfants pauvres. — Je parle sérieusement.

Air : *de Marianne.*

De ses deniers, Lespès achète
Au nom d'un petit malheureux
Une confortable couchette ;
Le mouvement est généreux,
Et son idée,
Bien décidée,
Est de ne point s'arrêter à ceci ;
Ce bon Trimm pense
A la dépense
D'un grand dortoir pour ses lecteurs aussi.
Je tiens ce projet de sa bouche,
Il m'a dit, et c'est parler d'or :
« Puisque c'est moi qui les endors,
» Il faut que je les couche. » (*Bis.*)

LE PUBLIC. — C'est de la logique.

ROQUEFORT. — A aiguille, comme le fusil du Prussien.

LE TINTAMARRE. — Ne me parlez pas de cette nouvelle arme ; d'abord, je ne suis pas sanguinaire, et puis, ça a répandu l'usage des aiguilles d'une façon agaçante.

Air : *Vive la lithographie.*

Hommes, enfants, femmes, filles,
Soyez heureux, mes amis ;
Si vous aimez les aiguilles,
Partout la mode en a mis ;
— Afin que l'on se fusille
Plus vite, dans leur canon
Les fusils ont une aiguille ;
— Les chemins de fer en ont.
— Sous forme de campanille,
A l'Hôtel de Ville on mit
Une singulière aiguille
Qui n'est pas laide à demi.

Par l'habitude obstinée
De tout embellir ici,
Notre-Dame fut ornée
D'une aiguille en zinc aussi. .
— Avant-hier, à la brune,
Ça ne date pas de loin,
Je faillis en trouver une
Dans une botte de foin!
— Et de plus si l'on s'obstine
A chercher longtemps, l'on voit
Des piqueuses de bottine
Avec une aiguille au doigt...
— Partout l'aiguille scintille,
C'est constaté *de visu*;
Seul Ponson n'a pas d'aiguille;
Aussi, qu'il est décousu!
— Hommes, enfants, femmes, filles
Soyez heureux, mes amis;
Si vous aimez les aiguilles,
Partout la mode en a mis.

Pour moi, je préfère le vase de ma tante.

LE PUBLIC. — Comment dites-vous ?

LE TINTAMARRE. — Je dis le vase de ma tante, ou d'Amathonte, pour parler comme les savants.

LE PUBLIC. — Qu'est-ce que c'est encore que ce singulier ustensile ?

L'ANNÉE. — C'est un pot si gros, si gros, qu'on a été obligé de construire un chemin de fer de ceinture pour ceux qui veulent tourner autour du pot.

LE TINTAMARRE. — Il arrive de loin; c'est de la Grèce. — Et l'on voit un taureau sculpté sur l'anse; par exemple, de son utilité, comme dit la chanson, on n'en a jamais rien su.

Air : *de Musette.*

Qu'on le fourbisse ou le récure
L'ombre noire reste sur lui;
De ce pot l'histoire est obscure;
Ce pot est un vrai pot... de nuit.
Néanmoins sous un lit — de vase
J'ai découvert *in extremis*,
Un œil bleu peint au fond du vase, } *bis.*
Un œil de bœuf — du bœuf Apis. }

ROQUEFORT. — On y a encore trouvé autre chose.

LE TINTAMARRE. — Quoi donc ?

ROQUEFORT. — Un volume de prose, intitulé : *les Odeurs de Paris*, et signé Vieux-lot, sacristain, rue du Grand-Hurleur; tenez. (*Il met le volume sous le nez du Tintamarre*)

LE TINTAMARRE. — Pouah! (*Il se bouche le nez.*)

Air : *Du Tralala.*

Messieurs les parfumeurs, sans cesse environnés
De leur parfumerie, en acquièrent l'odeur :
Tandis que ces parfums par Vieux-lot combinés
Sont d'une infection qui sent le parfumeur.
(*Repoussant le livre.*)
Otez cela, tra la la (*bis*)
Otez cette peste de là,
Tralala!

L'ANNEE. — C'est un batteur d'estrade.

LE TINTAMARRE. — Pour un batteur d'estrade, je vais vous en montrer un très-réussi, et qui fait antichambre depuis un quart d'heure.

(*Ernest introduit Policuivre Milliard; ce dernier déploie une affiche gigantesque, couverte de caractères extraordinaires.*)

POLICUIVRE. — C'est le toupet qui fait l'homme! Bonsoir, messieurs; l'homme ne vaut que par le toupet. Ah! le coup est hardi; je surmonte toute pudeur et je me dis:

Air : *Plus on est de fous, plus on rit*

Sur les murs collons notre affiche!
Trois mille Thugs, est-ce joli!
Le public, duquel je me fiche,
Plus il voit de Thugs — plus il lit

Ces signes chargés de mystères
Saisiront les cockneys au bond;
Pour se prendre à ces caractères
Ah! faut-il qu'ils en aient un bon
Sur les murs, etc.

Etrangleurs frais arrivés d'Inde
Par le messager de Trévoux,
Je vous livre au public, — plus dinde
Dix fois plus dinde encor que vous.
Sur les murs, etc.

LE PUBLIC, *à Policuivre.* — Ah! mais, dites donc! c'est moi qui suis le public et je saurai bien vous répondre.

(*Même air.*)

De vos Thugs l'épopée immonde
N'est qu'un illisible récit ;
Non contents d'étrangler le monde,
Faut-il qu'ils l'assomment aussi?
Sur les murs votre sotte affiche
Manque le but qu'elle poursuit.
Le bon public de vous se fiche,
Plus il voit de Thugs, plus il fuit.

L'ANNÉE, *à Policuivre.* — En somme, c'est un four qu'il eût été facile de vous épargner, si préalablement vous eussiez fait une visite au sorcier de la rue Molière, qui révèle le passé, renseigne sur le présent et prédit l'avenir.

LE TINTAMARRE. — Plus fort que cela, il découvre les pensées, les habitudes et les mœurs d'un inconnu, rien que par l'inspection d'une partie de son physique. Désirez-vous voir ce monsieur ?

LE PUBLIC. — Oui, oui, oui.

LE TINTAMARRE. — Ernest, apportez le sorcier de la rue Molière.

LE SORCIER. — On m'a fait demander ?

LE TINTAMARRE. — Histoire de nous divertir un moment. Allez-y de votre petite turlutaine.

LE SORCIER. — Messieurs et mesdames, mes confrères, vous le savez, examinent soit les mains, soit le crâne, soit le visage des personnes qui les honorent de leur confiance; je sors de ces sentiers battus. Ma manière de voir est toute différente : pour rechercher le caractère de mes clients,

Air : *C'est l'amour, l'amour.*

C'est le dos, le dos, le dos,
Ou l'endroit qui le termine
Que, des Parisiens badauds,
J'examine
Sans rideaux.

Flambard me montre ses jumelles ;
Je dis à ce brave à tout crins,
Voyant les clous des deux semelles
Imprimés au bas de ses reins :
Vous êtes, je le jure,
De ces gens très-connus,
Qui méprisent l'injure
Et s'asseyent dessus.

C'est le dos, etc.

Ce matin la grosse Alphonsine
Vient me trouver à reculons,
Un galbe très-pur se dessine
Sous sa jupe et ses pantalons.
Je lui dis sans mystère :
L'on voit distinctement
Que votre caractère
Est rond, ferme et charmant..,

C'est le dos, etc.

(*On entend sonner dix heures à l'horloge de Saint-Germain-des-Prés.*)

LE TINTAMARRE. — Mes amis, vous êtes bien gentils, mais voilà l'heure de la soupe; il ne faut pas la manquer. Nous avons le quart d'heure de grâce. Profitons-en pour chanter un vaudeville final sur l'air : *Ma Tanturlurette.* — A vous, monsieur Roquefort.

ROQUEFORT. — (Air : *Ma Tanturlurette.*)

Les gens qui vont sans remord
Voir les condamnés à mort
Subir leur affreux martyre,
C'est pour rire, (*bis*)
Messieurs, c'est pour rire !

L'ANNÉE.

Sauterelles, choléra,
Guerre, pluie et cœtera ;
Hommes, choses en délire,
C'est pour rire, (*bis.*)
Tout ça c'est pour rire !

POUPARDIN.

Derrière un truc l'isolant
Le décapité parlant,
Sauf les cinq francs qu'il soutire,
C'est pour rire, (*bis.*)
Messieurs, c'est pour rire !

QUEUE-DE-CHEVAL.

Le dernier recensement
Met Prével étourdiment
Dans les gens sachant écrire ;
C'est pour rire, (*bis.*)
Rire, rire, rire.

LE PUBLIC.

Les *Travailleurs de la mer*,
Barbey, plein de fiel amer,
Les insulte et les déchire...
C'est pour rire, (*bis.*)
Messieurs, c'est pour rire !

LE SORCIER.

Wey, pour en aider l'essor,
Nomme son livre un « *Trésor* : »
On sait ce que ça veut dire :
C'est pour rire, (*bis.*)
Simplement pour rire !

ROQUEFORT.

Pour l'image en marbre blanc
De Jeanne d'Arc d'Orléans
Manvoy demande à souscrire...
— C'est pour rire, (*bis.*)
Rire, rire, rire !

POLICUIVRE

Quand Lamirande arrêté,
Trouve illégal le traité
Qui du Canada le tire,
C'est pour rire, (bis.)
Ce n'est que pour rire !

FA-BRISSE

Quoique juif, m'a dit Crémieux,
Je vous avoue aimer mieux
Le porc frais que le porphyre.
C'est pour rire, (bis.)
Rire, rire, rire !

LE TINTAMARRE.

Quand sur les gens nous tombons,
Les mauvais comme les bons,
Quand nous semblons les occire
C'est pour rire, (bis)
Messieurs, c'est pour rire !

ERNEST, *à toute l'assemblée.*

Parmi nos refrains joyeux,
S'il fut dit un mot sérieux,
Il ne faut rien en déduire,
C'est pour rire, (bis)
Rire, rire, rire !

FIN

Paris. Impr. de Dubuisson et Ce, rue Coq-Héron, 5. — 1921.

IMPRIMERIE
DUBUISSON
PARIS

www.ingramcontent.com/pod-product-compliance
Ingram Content Group UK Ltd.
Pitfield, Milton Keynes, MK11 3LW, UK
UKHW020228180726
13838UKWH00005B/2267

9 782329 364506